RÉFLEXIONS

CRITIQUES ET PHILOSOPHIQUES

SUR LA TRAGÉDIE,

AU SUJET DES *Loix de Minos.*

A M. THOMAS,

DE L'ACADÉMIE FRANÇAISE;

Vendues au profit des Pauvres.

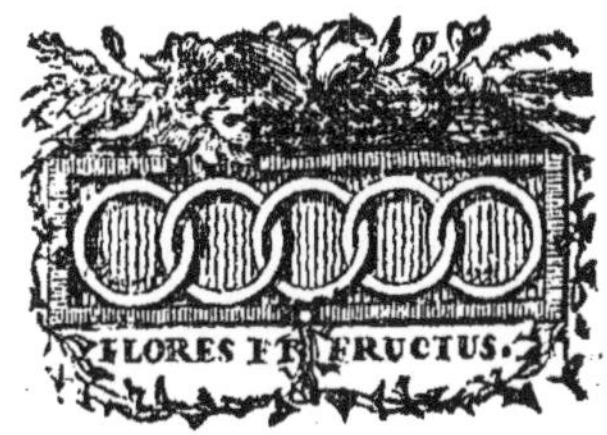

A AMSTERDAM;

Et se trouve A PARIS,

chez MICHEL LAMBERT, Imprimeur-Libraire, rue de la Harpe, près S. Côme.

M. DCC. LXXIII.

RÉFLEXIONS
CRITIQUES ET PHILOSOPHIQUES
SUR LA TRAGÉDIE,
*AU SUJET DES LOIX DE MINOS.**

I. DU BUT MORAL DE LA TRAGÉDIE.

QUAND on a fait, Monsieur, un Poëme épique, on est en droit de juger une Tragédie ; & quand on écrit, comme vous faites, pour rendre les hommes plus justes, plus sages, plus humains & plus éclairés, on doit sentir plus que personne

* Quoique l'ouvrage ait été approuvé sous le titre de *Critique d'Astérie*, on pense que celui qui est à la tête convient davantage.

ce qui manque à nos ouvrages dramatiques.

Un Auteur eſt flatté ſans doute d'entendre un Parterre prodiguer des battemens de mains à une Tragédie nouvelle, & crier en s'extaſiant: *Que cela eſt beau!* Mais ne vaudrait-il pas mieux entendre dire aux Philoſophes: *Cela eſt bon.* Ce n'eſt pas aſſez, je penſe, d'exciter l'admiration; il faut encore inſtruire ſes contemporains. C'eſt là, ſi je ne me trompe, le but moral que tout homme de lettres citoyen doit ſe propoſer dans ſes études. C'eſt celui qui ſe fait ſentir dans tous vos ouvrages. Plus on eſt fâché de ne pas trouver ce but moral dans les chef-d'œuvres de notre Théâtre, plus on doit applaudir à M. *de Voltaire* de s'en être propoſé un dans la Tragédie des *Loix de Minos*. C'eſt un exemple de plus ajoûté à tant d'autres, qu'il a donnés dans des matières encore plus importantes.

Je haſarde quelques réflexions ſur ce but moral dont nos Tragédies anciennes & modernes ſont dépourvues. Ces Réflexions ne ſont point des jugemens: ce n'eſt pas à moi à prononcer ſur un art que je ne cultive pas. L'abbé *Dubos*, dont les connaiſſances étaient ſi variées & le tact ſi délicat, pût autrefois juger les Peintres ſans avoir un tableau, & régler les rangs ſur le Parnaſſe ſans avoir jamais fait de vers : un *Atrabies*, ſans être un abbé *Dubos*, peut à ſon tour élever un Parnaſſe; &, ſans conſéquence, entre *Homère* & *Virgile*, placer Midas ou *F*** ; le Public ne fait point d'attention à cette abſurdité ; il lit les bons ouvrages, & dédaigne, de nos jours, comme du tems de *Corneille* & de *Racine*, les critiques & les bouffonneries dont nos petits farceurs littéraires amuſent le vulgaire des lecteurs.

Parmi le nombre prodigieux de Tragédies qui ſe jouent chaque année à Paris, il en eſt peu au ſortir deſquelles un ſpectateur ne ſoit pas en droit de demander : *A quoi cela eſt-il bon ?* Il en eſt même beaucoup dont on peut dire, avec un Géomètre : qu'*eſt-ce que cela prouve ?* En effet, ſi la ſcène en nous retraçant le tableau abominable de tant de meurtres, de tant de ſuperſtitions, de crimes de toute eſpèce, ne nous rend pas, ou plus reſpectueux envers la Divinité, ou plus ſoumis aux Loix, plus attachés à la Patrie, plus ſenſibles & plus compatiſſans aux malheurs de nos frères ; la ſcène, dis-je, ne peut être regardée que comme le rendez-vous des déſœuvrés.

Il eſt bon, je crois même qu'il eſt néceſſaire, dans des Villes immenſes telles que Paris & Londres, d'amuſer les oiſifs, de dérober à l'ennui qui engendre tous les vices, tant d'êtres dont le déſœuvrement pourrait nuire à la tranquillité publique; mais je crois qu'il eſt encore plus avantageux d'inſtruire ces oiſifs, & de les rendre meilleurs en les occupant noblement.

Plus on lit les Théâtres Grecs, plus on eſt étonné de ne point y trouver de but moral. Quiconque connaît l'Antiquité, ſait que la Tragédie, inventée, dit-on, par *Minos*, reſta longtems enſevelie dans l'obſcurité des Temples. C'eſt-là qu'elle avait un objet religieux, celui de montrer aux initiés le ridicule des ſuperſtitions du peuple, & l'unité d'un Dieu qu'on lui cachait ; de rappeler l'homme à l'inſtabilité des choſes humaines, à la briéveté & au terme de ſa vie ; enfin à ſes deſtinées futures.

Quand la Tragédie devint publique, elle eût plus de magnificence; mais on la dépouilla de son objet moral. Il ne fut pas permis de dire, au peuple assemblé au Théâtre, ce qu'on ne confiait dans le Temple qu'à ceux qu'on croyait dignes de participer aux mystères de Cérès & d'Eleusine, parce qu'on craignit qu'une révolution dans les opinions religieuses, n'entraînât celle du gouvernement; & c'est ce qu'on ne doit jamais craindre quand les esprits sont préparés.

Les Athéniens furent les premiers qui encouragèrent par des honneurs & par des récompenses, ceux qui consacrèrent leurs talens à la perfection de la Tragédie, qui était comme née parmi eux. La gloire de leurs grands hommes faisait celle de leur Patrie. Ils lièrent les représentations dramatiques aux cérémonies de la Religion; & ce fut-là un moyen politique pour attirer chez eux les étrangers qui avaient abandonné leurs solennités. A force de les multiplier, ces solennités étaient tombées dans le décri. Leurs Panathénées, l'exercice de l'Escarpolète, leurs Ascholies ou leur jeu de cloche-pied, qui consistait à sauter, sans tomber, sur un outre enflé & graissé d'huile, étaient devenus des sujets de plaisanteries pour les Grecs & pour les étrangers, tandis qu'ils couraient en foule aux jeux de l'Isthme, de Thèbes, d'Olympie.

Quand Athènes eut un Théâtre, ce qui n'arriva que très-tard, la célébration de ses jeux fut un objet d'admiration pour ses voisins. Le concours fut prodigieux. Il y avait alors dans la Grèce des hommes instruits, quoique la populace fût toujours ignorante & superstitieuse. Des fêtes où l'on représentait la vie des demi-Dieux, furent préférées aux exercices du ceste, de la course, de la lutte & du pugilat. Les aventures de leurs héros mises en action devant le peuple, formaient en effet un spectacle bien au-dessus de celui où des hommes mettaient leur gloire à conduire un char & à lancer un palet d'un bras vigoureux. On aima mieux voir retracer les infortunes d'Œdipe, & le désastre de sa malheureuse famille, que d'assister à des combats où des hommes nuds, nerveux & huilés s'assommaient à coups de poings : exercices honorables ſans doute, & ſur-tout très-utiles dans ces tems héroïques & barbares, où la roideur & la ſoupleſſe des muſcles décidaient du ſort des peuples.

Les autres Républiques, jalouſes d'Athènes, s'empreſſèrent de l'imiter. A ſon exemple, elles eurent des Théâtres, & joignirent l'appareil des jeux ſcéniques aux ſolennités de la Religion. Athènes, la ville la plus éclairée qui fût alors au monde, la Patrie des Sages, le rendez-vous des Philoſophes, l'emporta toujours ſur ſes rivales par la magnificence de ſes ſpectacles, & par l'encouragement de l'art dramatique, qui dès-lors fut regardé comme le plus beau de tous.

En vain la politique multiplia les Théâtres dans les principales Villes de la Grèce; la Tragédie, quoiqu'aſſociée aux liturgies de ſon culte ſuperſtitieux, ne fut jamais une inſtruction comme elle l'était dans l'intérieur des Temples; elle ne fut plus que le plus noble des amuſemens. Les Auteurs dramatiques, pour ſuppléer au but moral dont on avait dépouillé la ſcène, employèrent les chœurs, qui, en augmentant l'appareil du ſpectacle, rempliſſaient les vuides des entr'actes, qui chez nous ſont un défaut, mais qu'une longue habitude nous empêche d'appercevoir. Ces chœurs toujours auguſtes, en impoſaient par l'importance de leurs diſcours. Ces eſpèces de monologues étaient toujours des hymnes religieux dont l'objet était de célébrer la puiſſance des Dieux, d'en inſpirer la crainte, & de recommander une réſignation aveugle à leurs décrets.

On aurait pu, il eſt vrai, demander à ces chœurs pourquoi ils voulaient qu'on adorât des Dieux, qui dans le cours de la Tragédie, étaient dépeints injuſtes, bizarres, méchans, & qui ſe faiſaient haïr par la manière implacable dont ils puniſſaient des fautes involontaires.

Les Auteurs dramatiques Grecs auraient pu tirer un grand avantage de la Tragédie; ils euſſent pu s'en ſervir pour décréditer tant d'affreuſes ſuperſtitions ſous le joug deſquelles gémiſſaient leurs différentes Républiques. C'eût été un grand ſervice à rendre aux Nations polythéïſtes, de leur ôter leurs grands & leurs petits Dieux,

& de ne leur laiſſer, avec un culte pur & ſimple, que l'intime perſuaſion d'une Divinité unique qui régit l'Univers, qui punit le crime & récompenſe la vertu. Le diſcrédit de tant de fables groſſières, mais ſacrées, dont la Théologie Grecque était ſurchargée, eût été une vraie préparation au règne de la vérité dont les fondemens ſont éternels, mais dont l'empire n'a été établi que très-tard.

Eſchyle, *Sophocle*, *Euripide* créerent le Théâtre; mais ils ne changèrent pas leur Nation. Il eût fallu avant tout la ſubjuguer par l'aſcendant de leur génie. La canaille d'Athênes, croyant entrevoir dans une des Tragédies d'*Eſchyle*, quelques alluſions à ce qui pouvoit-être l'objet de ſon culte ridicule, voulut l'aſſommer; elle le chaſſa du Théâtre à coups de pierres; & il n'échappa à la fureur des fanatiques, qu'en ſe réfugiant vers l'autel de Bacchus. La ſuperſtition voulait le faire périr, & ce fut par elle qu'il ſe ſauva. Malheureuſement, après cette aventure, il arriva ce qui eſt arrivé pluſieurs fois parmi nous. Les Juges s'armèrent en faveur de cette canaille séditieuse qu'ils auroient dû punir ; & ils bannirent *Eschyle* qu'ils auroient dû protéger, & qui par son génie a fait mille fois plus d'honneur à la Grèce que les imbéciles qui signèrent l'Arrêt de son bannissement.

On nous assure que M. *Luneau de Boijermain* * eût trouvé la mort d'Euripide fort juste & fort édifiante : nous en demandons pardon à M. *Luneau*, mais nous ne sommes pas de son avis ; nous pensons au contraire que cette mort eût été à jamais affreuse : c'eût été celle d'un médecin charitable, que des aveugles ont assommé, en récompense de la vue qu'il a voulu leur redonner.

Euripide, l'élève & l'ami de ce vertueux *Socrate* que la superstition fit mourir, & que la Philosophie vengea si solennellement, voulut, après la mort d'*Eschyle*, rendre la Tragédie instructive & la faire servir aux progrès de la raison. Le peu qu'il hasarda fut mal accueilli. On le traita d'impie, & quoique son ami *Socrate* n'eût

* Œuvres de Racine, Discours préliminaire.

point encore été condamné à boire du jus de ciguë, il craignit une accusation toujours dangereuse quand le Peuple est ignorant, & quand ses Prytanes le sont autant que le Peuple.

On ne peut qu'être très-étonné de voir les Grecs applaudir aux farces insipides de l'insolent & calomniateur *Aristophanes*, & désapprouver des grands hommes qui ne voulaient se servir de l'Art Dramatique, que comme d'un moyen plus sûr pour les rendre moins superstitieux, plus raisonnables. Ces Grecs légers, frivoles, jaseurs, aimaient à rire des travers de leurs Dieux, mais ils ne voulaient pas qu'on s'en moquât sérieusement. C'est-là sans doute une grande contradiction; mais quel peuple n'a pas eu les siennes!

Ne confondons point ici le but moral d'une Tragédie avec les maximes de morale, dont les ouvrages des Anciens sont remplis. Les déclamations ampoulées des *Sénèque* partagent ce faible avantage avec les chef-d'œuvres de la scène Grecque. Les moins connus de nos Auteurs en farcissent leurs Drames; la plupart d'entr'eux ne ſemblent chauſſer le cothurne que pour faire ronfler des vers ſententieux ; mais il y a une diſtance infinie du but moral d'une Tragédie, à cet amas de froids proverbes moraux, qu'un Auteur ſtérile coud, comme il peut, dans des ſcènes bourſoufflées.

En vain, dans nos Théâtres modernes, nous chercherions le but moral dont la Tragédie Grecque ne nous fournit point d'exemple. Les Italiens & les Eſpagnols ne paraiſſent pas s'en être doutés ; quant aux Anglais, quelques-uns de leurs Auteurs en ont approché ; aucun d'eux ne l'a atteint.

En France, nos Maîtres, contens d'égaler *Euripide* & *Sophocle*, enorgueillis de les ſurpaſſer ſouvent, ne ſe ſont jamais apperçus que la partie la plus eſſentielle manquoit à leurs chef-d'œuvres. Le Philoſophe, chez eux, n'a jamais dirigé la tête & l'enthouſiaſme du Poëte. Ils n'ont pas fait tout le bien qu'ils auraient pu faire. On leur doit beaucoup ſans doute. En cultivant le plus beau des Arts, ils ont accéléré les progrès de la raiſon humaine ; mais on doit encore plus au Philoſophe qui a éclairé cette raiſon, qui l'a épurée, qui, en préſence du peuple, a ſu mettre en action & en dialogue ce que les Philoſophes ont enſeigné de plus ſublime; enfin qui du grand art de *Sophocle* en a fait un moyen pour apprendre aux hommes ce qu'ils ſe doivent entr'eux, pour faire ſentir aux tyrans, aux uſurpateurs, aux aſſaſſins, qu'il eſt des Dieux vengeurs.

Il faut avouer que dans cet art divin d'inſtruire les hommes, il a laiſſé bien loin derrière lui ſes prédéceſſeurs & ſes contemporains. Nous parlons ici de M. *de Voltaire*. La morale qu'il a fait paſſer par toute ſorte de forme, cette morale qu'il a répandue dans les plus légères, comme dans les plus ſérieuſes de ſes productions, fait le fond de preſque tous ſes Ouvrages Dramatiques, comme une politique raiſonnée fait le fond de tous ceux de *Corneille*, & l'amour & la galanterie de ceux de *Racine*. C'eſt là qu'il l'étale avec plus d'art, plus de pompe & plus de charmes. Son théâtre eſt tel qu'*Ariſtote* voulait qu'il fût : une école de vertu; & tel qu'il ne fut jamais chez les Grecs, ni à Rome, ni même en Europe, depuis le renouvellement des lettres. Il y a peu de Tragédies dont il ne résulte quelques bonnes leçons pour ses semblables. Dans toutes, on y trouve de ces vérités utiles à tous les hommes, qui les éclairent insensiblement sur leurs véritables intérêts, & qui, à la longue, subjugant les plus opiniâtres, semblent promettre dans les opinions humaines la même révolution en Europe, que *Molière* fit en France dans nos usages & nos modes.

Jusqu'à lui, on s'était borné à mettre sur le théâtre un événement plus ou moins intéressant, & à l'arranger avec plus ou moins d'art pour exciter la pitié & la terreur. A ces sentimens, M. de *Crébillon*, unique dans son genre, a trop souvent substitué l'horreur & l'atrocité. On dit que c'est chez lui que se trouve la véritable Tragédie. On n'a point encore relevé cette erreur, & elle ne mérite pas de l'être.

Aucun de nos grands Maîtres n'avait fait du spectacle un sujet d'instruction; aucun ne s'était proposé un but moral. Leurs Tragédies

dies ne montraient toutes que le grand Poëte, l'homme de génie. Dans celles de M. *de Voltaire*, à chaque page, on y sent un Philosophe occupé du bonheur de ses semblables, les rappelant sans cesse à la vertu, & voulant toujours les y conduire par le chemin de la raison. Quand on assiste aux représentations de la plupart de ses Tragédies, on est instruit & content; non-seulement on a entendu de beaux vers, mais encore de belles leçons. Voilà l'essentiel : sans cela la Tragédie, le premier des arts comme le plus beau, ne peut marcher qu'après la Comédie, qui attaque nos ridicules & nos vices, & qui nous corrige en nous faisant rire.

Quel Auteur Dramatique se proposa jamais d'avilir les ennemis du genre humain, de leur faire payer, si j'ose m'exprimer ainsi, par l'opprobre dont on les couvre en plein théâtre, tout le sang dont ils se souillèrent? Applaudissons donc à la Tragédie du *Triumvirat*, où l'on dévoue à l'exécration de tous les hommes *Octave* & *Antoine*, ces deux scélérats débauchés, & dignes du dernier supplice. Si jamais nous perdons le goût de nos scènes en style élégiaque, cette Tragédie doit avoir le plus grand succès. Elle n'est peut-être pas la plus régulière; mais, après *Mahomet*, elle est sans contredit la plus utile. Elle ne sera jamais le spectacle chéri de nos jeunes amans & de nos vieilles Laïs; mais elle sera éternellement la plus forte leçon que la Philosophie ait jamais faite aux ambitieux, & un des plus beaux monumens que la Poësie ait jamais consacrés au bonheur du genre humain.

C'est bien mériter des hommes que d'employer ses talens à marquer du sceau de l'infamie un malfaiteur public, de quelque nom & de quelques titres fastueux que l'adulation, ou la bassesse, aient décoré ce malfaiteur. On ne mérite pas moins, en exposant à la haine publique un scélérat hypocrite, qui, le poignard à la main, osa asservir sa patrie à des mensonges grossiers. Le but moral de la Tragédie de *Mahomet* se fait sentir d'un bout à l'autre. L'Auteur n'inspire tant d'horreur pour ce trop heureux Coracite, que pour nous prémunir contre l'adresse de ces Charlatans, qui, dans des tems d'ignorance, cherchèrent à faire des dupes, en affectant une religion qu'ils n'avaient pas, parlant au nom des Dieux qu'ils déshonoraient; se disant leurs interprêtes, tandis qu'ils n'en étaient que les ennemis; enfin qui en imposèrent à des imbécilles, pour avoir des autels; & contre lesquels les sages auraient dû se réunir, pour en délivrer la société.

Parmi les Tragédies de *Corneille*, il en est deux dans lesquelles ce grand homme approche du but moral: c'est dans *Cinna* & dans *Heraclius*; mais ce but ne produit aucun effet utile, par la singularité avec lequel il est amené. Dans *Heraclius*, le spectateur rit des perplexités de *Phocas*; dans le trépignement que lui causent les incertitudes de ce vil tyran, il est tenté de s'en moquer; le sentiment qu'il éprouve est celui du dégoût & du mépris; mais il ne sent point cette sombre indignation, que doit inspirer la vue d'un scélérat; on voudrait que sa mort fût l'ouvrage de la vengeance des Dieux, & elle n'est que l'ouvrage de l'ambition d'*Exupère*. Cet *Exu-*

père eſt un traître, un lâche. Il était odieux, avant d'aſſaſſiner ſon maître ; & il ne doit pas l'être moins, quand il en a purgé la terre. On voudrait voir *Phocas* pourſuivi par les Dieux, tourmenté par ſa conſcience, & il n'eſt tourmenté que par l'embarras de ſavoir quel eſt ſon fils. Cet embarras excite le rire & non l'horreur, ce qui donne à l'intrigue de cette Tragédie un air Comique.

Sémiramis, dans la Tragédie qui porte ſon nom, eſt coupable de la mort de *Ninus*. Les Dieux la puniſſent. Ce ſont eux qui la déchirent par les remords, qui la pourſuivent ſur ſon trône, & qui, juſques dans les bras du ſommeil, l'épouvantent par des ſpectres affreux. Ce ſont eux qui conduiſent la main de ſon fils, pour terminer ſes jours ; la vengeance des Dieux imprime la terreur ; le repentir de cette Reine malheureuſe inſpire la pitié. Voilà la Tragédie.

La cataſtrophe de *Cinna* approche encore plus du but qu'*Heraclius* ; mais elle paraît plutôt inventée pour dire qu'*Octave* était clément, ce qui n'étoit pas, que pour nous apprendre à l'être. On ne peut guères voir jouer *Cinna*, ſans ſe rappeler tous les pillages, les concuſſions, les volcries, les aſſaſſinats, les baſſes & monſtrueuſes débauches de cet *Octave*. Alors on eſt tenté de croire que le pardon que ce brigand accorde au conſpirateur *Cinna*, qui, je crois, ne conſpira jamais, eſt moins l'effet de la clémence, que celui de la crainte & de la politique.

Le diſcours tyrannique de *Livie* en eſt la preuve. Cette Impératrice veut juſtifier les brigandages de ſon mari, & voici comment elle raiſonne :

Tous ces crimes d'Etat qu'on fait pour la Couronne,
Le Ciel nous en abſout alors qu'il nous la donne.
Et dans le ſacré rang où la faveur l'a mis, *
Le paſſé devient juſte ; & l'avenir permis.
Qui peut y parvenir, ne peut être coupable.
Quoiqu'il ait fait ou faſſe, il eſt inviolable.
Nous lui devons nos biens : tous nos jours ſont à lui.

* *Auguſte.*

C'eſt là, ſi je ne me trompe, un ſyllogiſme infernal. *Hobbès* & *Machiavel* n'auraient pas mieux argumenté. Elle appuye cette Logique par une belle prophétie. Elle annonce que l'aſſaſſin, l'inceſtueux fils de *Cepias* ſera placé un jour au nombre des Dieux.

Ce n'eſt pas tout, Seigneur, une céleſte flamme,
D'un rayon prophétique, illumine mon ame,
Oyez ce que les Dieux vous font ſavoir par moi....

Te tairas-tu, exécrable Sagane? Telle eſt l'apoſtrophe dont ce début prophétique fut accueilli, moi préſent, par un Parterre de Province, où les jeunes gens ſont moins contenus qu'à Paris. Aujourd'hui les Comédiens ſuppriment ces vers, qui font dreſſer les cheveux à la tête, que *Corneille* n'aurait jamais dû écrire, & qui font diſparaître le but moral qu'il ſemble avoir eu, en compoſant *Cinna*.

S'agit-il de Religion dans nos jeux Dramatiques? M. *de Voltaire* eſt encore ſupérieur à ſes Maîtres. En l'expoſant ſur la ſcène, il a un but celui de la faire aimer. Dans *Polieucte*, elle ne produit qu'un acte de révolte, que notre piété admire avec raison, mais que nous n'approuverions pas de nos jours. Nous désavouerions certainement un jeune Européan, qui, enivré d'un faux zèle, entrerait dans la grande Pagode de *Benarès*, & disperserait les Idoles de Brama & de Visnou. Cette imprudence produirait plus de mal que de bien. Rome aurait beau la canoniser ; nos Missionnaires & nos Marchands seraient les premiers à la condamner.

Il est triste de penser qu'*Athalie*, ce chef-d'œuvre de notre théâtre, ce modèle inimitable de versification, de conduite & de simplicité, n'est au fond qu'une conspiration de Lévites, & le meurtre d'une Reine fait au nom de *Jéhova*.

Il y a loin de l'esprit Judaïque à l'esprit du Christianisme. C'est dans *Alzire* que cette différence se fait bien sentir. Entendons *Gusman* expirant parler à *Zamore*, qui lui arrache la vie & sa maîtresse.

J'ai fait jusqu'au moment qui me plonge au cercueil,
Gémir l'humanité du poids de mon orgueil.
Le Ciel venge la terre : il est juste ; & ma vie
Ne peut payer le sang dont mon ame est rougie.
Le bonheur m'aveugla : l'amour m'a détrompé.
Je pardonne à la main par qui Dieu m'a frappé.
J'étais maître en ces lieux ; seul j'y commande encore ;
Seul je puis faire grace, & la fais à Zamore.
Vis, superbe ennemi, sois libre ; & te souvien
Quel fut & le devoir & la mort d'un Chrétien.
Des Dieux que nous servons, connais la différence.
Les tiens t'ont commandé le meurtre & la vengeance ;
Et le mien quand ton bras vient de m'assassiner,
M'ordonne de te plaindre, & de te pardonner.

La morale n'est pas le seul mérite des Tragédies de M. *de Voltaire* : c'est celui certainement dont les hommes doivent lui savoir plus de gré. Elles forment encore un cours d'histoire pour la curiosité de qui aime à s'instruire ; & quel homme n'aimerait pas à connaître ceux qui ont habité, ou qui habitent encore notre petit globe ! Nous connaissions déjà les personnages que *Corneille* & *Racine* nous ont montrés. Ils réveillent sans doute notre admiration par le ton sublime dont leur génie nous expose des événemens déjà connus, mais ils n'ajoutent rien à nos connaissances. Quand on les a entendus, on n'en est ni plus instruit, ni plus disposé à la vertu. Il est vrai qu'ils n'ont pu faire tout. Ils ont, en un sens, atteint la perfection de leur art. Il est seulement fâcheux qu'ils ne l'aient pas dirigé vers le bien public. Cette faute, rachetée par tant de beautés, est entièrement sur le compte de leur siècle, qui fut, dit-on, le siècle des grands talens, mais qui ne fut pas celui des lumières.

Entraîné par son génie, M. *de Voltaire* est allé plus loin que ses premiers maîtres. Suppléant à ce qui manquait à leurs chef-d'œuvres, il a cru qu'il serait utile aux hommes de leur montrer tour à-tour le tableau de chaque peuple, les superstitions de chaque siècle, le caractère de chaque nation qui mérite d'être connue, & qui a joué un rôle sur le théâtre du monde. Grecs, Romains, Juifs, Persans, Scythes, Tartares, Chinois, Arabes, Turcs, François, Espagnols, Américains, Crétois; il les passe tous en revue. Ce n'est point tel ou tel homme qu'il nous fait connaître, c'est tout un peuple qu'il nous montre dans un seul homme.

Zaïre offre aux amateurs le double spectacle de la bravoure Française, & les mœurs du sérail d'un Ottoman. Cette Tragédie ne dut point, comme on a affecté de l'imprimer, son succès aux noms des *Chatillon*, des *Lusignan*, des *Nérestan*. Ces noms à jamais chéris ajoutèrent seulement un nouveau plaisir à celui qui pouvait naître de la Tragédie la plus touchante jusqu'alors.

Ici, dans *Alzire*, on voit contraster le caractère noble, fier & libre d'un Américain, avec l'orgueil tyrannique d'un Espagnol. Là les mœurs agrestes de la Scythie, mises en opposition avec les mœurs efféminées des Persans; ici, dans le même cadre, on voit avec les hordes guerrières des Tartares ces vertueux & faibles Chinois. Tout l'esprit de la Chevalerie se trouve dans *Tancrede*. Dix volumes sur l'histoire des Arabes ne nous peindraient pas mieux l'esprit de ces peuples, que la Tragédie de *Mahomet.* Les Prêtres ſont ordinairement dans le théâtre de M. *de Voltaire*, ce qu'ils devraient être, & ce qu'ils furent ſouvent, des hommes de bien. Montre-t-il un Conquérant, c'eſt un compoſé de faibleſſes, d'emportement, de grandeur d'ame & de férocité. *Mahomet* eſt le ſeul qu'il peint ſans vertu, & cela, parce qu'il ne l'envisage dans ſa Tragédie que comme un hypocrite, & l'hypocriſie exclu toute vertu.

Il manquait à la gloire de M. *de Voltaire* d'attaquer la plus abominable ſuperſtition qui fut jamais: l'immolation des hommes. *Euripide*, chez les Grecs, *Racine*, parmi nous, nous avaient montré dans leurs *Iphigénies* le danger de cette ſuperſtition. La Tragédie des *Guebres* fut faite, il y a quatre ans, pour en inſpirer l'horreur; elle n'était qu'un eſſai ſur cet important objet, il fallait quelque choſe de plus.

II. DES LOIX DE MINOS,

Des Drames Bourgeois, & des DRUIDES.

ON peint dans la Tragédie des *Loix de Minos* ce qu'on n'avait qu'esquissé dans celle des *Guebres*. Le sujet de ces deux Tragédies est la destruction des sacrifices humains. Il est difficile de remonter à l'origine de ces horribles sacrifices, ils sont de la plus haute antiquité. Il n'est point de coin sur notre globe où cette infernale superstition n'ait régné plus ou moins long-tems. C'est, si je ne me trompe, le fléau le plus déplorable dont la nature humaine ait été affligée. Les ravages de la peste sont moins affreux.

S'il est vrai que la fable de *Saturne*, dévorant ses enfans, & qui n'était qu'un emblême du tems qui détruit tout, ait fait naître dans quelques pays l'usage exécrable d'offrir à des Dieux absurdes le sang & les entrailles des hommes, il faut avouer qu'il n'y eut jamais chez eux de méprise plus abominable.

Il peut être faux que *Pilade* & *Oreste* aient volé *Diane* dans la Chersonèse Taurique, & qu'après avoir proprement empaqueté dans un fagot la petite Déesse, ils l'aient emportée; mais il est certain que ces Insulaires immolaient des victimes humaines, que les murs de leurs temples étaient ornés des crânes de ces victimes, & que c'étaient de jeunes vierges qui faisaient l'office de bourreaux.

On ne saurait non plus révoquer en doute que les hordes des Germains ne fussent suivies à la guerre, ou dans leurs émigrations, par des Prêtresses, qui, de tems en tems, enfonçaient de grands coutelas dans le sein de leurs prisonniers. Sur le Rhin, on a trouvé des pierres qui attestent ces barbaries sacrées. Dans les Gaules, les Druidesses présidaient à ces assassinats, faits au nom du Ciel. Presque en tout pays, le sexe le plus doux, le plus tendre, le plus compatissant, était chargé du ministère le plus atroce. Dans l'Arabie, chez cette nation de voleurs, dans le temps qu'on y adorait les Etoiles, c'était encore les femmes qui, par état, étaient conſacrées à l'immolation des hommes. Le grand-père de *Mahomet*, pour racheter ſon fils, que la Prêtreſſe devoit ſacrifier, paya, dit-on, une rançon de cent chameaux, ce qui paraît un peu fort, quand on y regarde de près.

Cet excès de dépravation étonne ſans doute chez des barbares; mais on eſt confondu, quand on voit que cette dépravation avait ſubjugué la plupart des peuples policés. Il ne s'agit point ici des tems fabuleux & des temps héroïques de la Grèce & de Rome; on y ſacrifia des hommes dans le tems même qu'elle avait des Philoſophes.

Carthage tenait cet uſage des Phéniciens, dont elle était une Colonie; mais ces Phéniciens, qui portèrent leurs connaiſſances, leurs erreurs, leur induſtrie & leur cupidité à l'Occident, à droite & à gauche de leur fertile pays, où avaient-ils appris que, pour plaire au père des hommes, il fallût égorger des hommes? Cette ſuperſtition était-elle née chez eux comme les fruits de leur climat? La devaient-ils à leurs courſes & à leurs découvertes, comme notre

Europe doit à la découverte du nouveau monde la maladie la plus abominable qui ait jamais infecté le genre humain ?

Non loin de la Phénicie, & vers le petit ruisseau de l'Arnon, de pieuses méres immolaient leurs enfans, & les mangeaient en l'honneur de Béelphegor, Dieu des mouches. Les Juives, leurs voisines, prirent goût à cette antropophagie sacrée. Elles se rassasiérent souvent de la chair de leurs filles & de leurs fils, & se repurent souvent de leur sang. C'est de David que nous tenons ce fait historique. *Initiati sunt Beelphegor, comederunt carnes filiorum filiarumque, & sanguinem eorum biberunt.*

Cette contagion, qui avait infecté l'ancien monde, nos Argonautes l'ont trouvée dans une infinité de cantons du nouveau. Elle a régné & régne encore du fond du Japon à l'embouchure du Sénégal, & de l'île Formóse à l'embouchure du Tage.

S'il en faut croire les voyageurs, les Giaques, pour obtenir une bonne moisson, offrent en holocauste aux Dieux tutelaires une jeune vierge, après l'avoir pilée vivante dans un mortier, avec des herbes odoriférantes. Si ce fait est vrai, il confirme ce que l'antiquité dit des Issedons, peuples de Scythie, qui, après avoir haché le corps de leur père, & avoir fort pieusement mêlé ses chairs avec d'autres viandes, le mangeaient. C'était le ragoût sacré que, dans un festin funèbre, la superstition présentait à la famille assemblée. Tout cela est aussi exécrable que dégoûtant, mais cela n'est pas incroyable.

En plus de vingt endroits dans les Indes, on n'attend pas d'être sacrifié ; on s'immole soi-même. Il n'est pas rare de voir des domestiques s'enterrer avec le corps de leurs maîtres, & des veuves se jeter dans le bucher qui brûle le corps de leur mari. Il en est d'autres, qui, pour avoir l'honneur d'être saints & le plaisir de faire des miracles, après leur mort, se laissent écraser sous les roues des chars qui voiturent les Idoles. Sur les côtes du Japon, il y a des barques chargées de bandes de Fanatiques, qui, ayant payé au Dairi un brevet de sainteté, & portant en poche leur apothéose, se précipitent

tent dans la mer. C'eſt ainſi qu'ils achettent le droit d'être mis dans le martyrologe de la Secte des Budſoiſtes, ce qui eſt un grand honneur. Ces ſuicides ſont affreux ſans contredit ; mais comme ils paraiſſent volontaires, ils le ſont beaucoup moins que l'immolation des hommes.

Je n'ajoute pas toujours foi aux faiſeurs de relations, qui ſont ſouvent des menteurs, ni à l'autorité des compilateurs de dictionnaires ; qui, pour l'ordinaire, ne méritent pas plus de confiance ; mais je ne doute nullement que les Crètois n'aient offert des victimes humaines à leur Jupiter. On n'examinera point ici d'où ils tenaient cette coutume. *Minos* l'avait conſacrée, & ce *Minos*, qu'on dit avoir été un roi ſévère, & qu'après ſa mort on érigea en Lieutenant-criminel des Enfers, me paraît avoir été un grand charlatan, comme la plupart de ceux qui donnèrent des loix.

On convient qu'un grand homme, dans des tems d'ignorance, a pu être forcé de tromper les hommes pour leur bien. Tel fut *Numa*. Avant lui les Romains reſſemblaient à des tigres, qui ne sortaient de leurs tannières que pour se jeter sur les troupeaux & les filles de leurs voisins. Ce *Numa* employa la superstition pour emmuseler ces bêtes féroces, & il fit sagement : il en résulta un bien ; mais il n'en résulta jamais aucun d'ériger le meurtre en acte de religion ; & si jamais il y a eu une raison de croire que le Diable soit sorti des enfers, c'est quand on voit la race humaine livrée à une pareille superstition.

Ces sacrifices humains sont, comme nous l'avons déjà dit, le sujet de la Tragédie des *Loix de Minos*. Elle ne remédiera point aux maux de la Créte, elle vient, pour son malheur, plus de trois mille ans trop tard ; mais elle peut être pour nous un grand sujet d'instruction. Son but moral se fait sentir d'un bout à l'autre ; il consiste dans l'établissement de cette charité fraternelle, qui, dans l'ordre des préceptes de notre religion, tient le second rang, & qui, raprochant toutes les conditions, & faisant disparaître toutes ces opinions ridicules qui divisent la société civile, ne devrait faire des hommes qu'une seule & même famille.

Les *Loix de Minos* ont encore pour objet la tolérance; non celle qui fomente les désordres civils, & qui n'est que l'impunité du crime; mais cette tolérance, à la faveur de laquelle le Christianisme, après trois siècles de combats & de persécutions, monta sur le trône des Césars; enfin cette tolérance, dont nos Missionnaires Jacobins & Franciscains auraient besoin pour établir ce même Christianisme dans le Japon, dans les Indes, à la Chine & chez le Dalaï-lama, Divinité vivante, dont l'imbécillité achette les excrémens.

Les *Loix de Minos* ne sont point un ouvrage nouveau; c'est une Tragédie perfectionnée; elle offre le même plan, la même marche & la même catastrophe que les *Guebres* : l'intrigue des deux pièces diffère à la vérité, mais on y trouve les mêmes discours sur la charité universelle. Dans l'une & dans l'autre, c'est un Philosophe, qui, plein de l'idée de Dieu & de l'amour de ses frères, prêche, en vers harmonieux, l'humanité, l'indulgence, la soumission aux loix divines, & l'anéantissement d'une loi barbare.

On ne présenta jamais aux hommes un plus beau sujet d'instruction.

La méprise de deux amans, placés dans les mêmes circonstances, est à-peu-près la même. *Arzame*, dans les *Guebres*, & *Astérie*, dans les *Loix de Minos*, passent pour les enfans de deux vieillards agrestes & simples : échappées au trépas, dans un jour de carnage, élevées chez un peuple cultivateur, dévouées à la mort, l'une, parce qu'elle est captive ; l'autre, parce qu'elle a adoré dans le Soleil l'emblême du Dieu qui créa le Soleil; reconnues à peu de chose près dans les mêmes circonstances, elles trouvent l'une & l'autre leur père dans leur défenseur.

Ces deux Tragédies, qui, pour le fond & le but, sont les mêmes, diffèrent cependant en un point qui nous paraît essentiel. Cette différence se trouve dans l'intérêt qui naît des principaux personnages. Dans l'une, ils ne sont que de simples particuliers : un Tribun Militaire, un Lieutenant, un Soldat, un Jardinier, une jeune Guebre ; dans l'autre, c'est un Roi, des

Archontes & des Prêtres, qui partagent avec le Roi la souveraineté de la Crète.

Quelques modernes prétendent que l'intérêt d'une Tragédie augmente à mesure que ses personnages approchent de l'ordre commun ; ils se trompent certainement. Mais ils ont eu, dit-on, de grands succès au théâtre, & c'est ainsi qu'ils ont prouvé leurs systèmes. Cette preuve nous parraît insuffisante. Nous avons été les premiers à applaudir à leurs succès, parce qu'ils ont des vertus qui nous les rendent chers, & des talens que nous admirons. Mais, malgré leurs succès & leurs talens, nous ne pensons pas comme eux, & nous allons dire notre sentiment, qui, n'étant que celui d'un particulier qui vit à la campagne, ne saurait influer sur l'opinion publique. *M. Saurin.*

Il est ridicule de se passionner pour un genre préférablement à un autre ; il est encore ridicule de vouloir borner nos plaisirs aux genres anciennement connus. Je plains ceux qui ont des goûts exclusifs ; & il est malhonnête de faire des libelles grossiers contre ceux qui ne sont pas de notre avis sur des matières de pure littérature.

On peut bien ne pas aimer *Atrée*, ni toutes ces pièces atroces, qui sont écrites d'un style d'Energumène ; mais il faut, je pense, se prêter à tout, & ne point dire d'injures à personne. J'aime les tableaux d'histoire, mais je n'irai pas faire un volume contre ceux qui ne veulent que des *Teniers*. Les partisans de *Vateau* n'ont jamais déclaré la guerre aux amateurs des marines de *Vernet*. Permis à chacun de préférer un genre, & de suivre son goût ; il n'y a, en fait d'ouvrages, que le genre ennuyeux & le genre méchant qu'on doive proscrire.

La Tragédie Bourgeoise, si l'on veut donner ce nom à quelques Drames nouveaux, pour les avilir, est à la vérité plus dans nos mœurs qu'*Œdipe*, *Rodogune* & *Phedre*. Des pièces attendrissantes, telles que *Nanine*, *Mélanie*, sont plus voisines de nous qu'*Hermione* & *Iphigénie* ; &, malgré cette proximité, elles intéressent moins que la vraie Tragédie, où des Souverains jouent les premiers rôles. Les querelles des

Princes nous touchent de plus près que les disputes des particuliers.

On est très-affligé de voir deux honnêtes Citoyens s'égorger, parce qu'une femme les a brouillés. Le cœur bondit d'horreur, lorsqu'on entend dire qu'un père, parce qu'il a perdu son argent au lansquenet, veut poignarder son enfant qui dort; mais comme, dans ces aventures, notre fortune & notre liberté ne courent aucun danger, elles sont bientôt oubliées. Le bonheur d'un homme tient bien rarement à l'inconduite ou à la mort de son voisin; mais il importe à tous les hommes qu'un bon Roi soit heureux, qu'il vive long-tems, qu'il ne soit pas contredit quand il fait le bien. Si ce Roi éprouve des malheurs, nous y prenons nécessairement part, parce que ses malheurs peuvent entraîner les nôtres. Un Fanatique frappe-t-il *Henri IV?* mon ame se couvre de deuil. C'est mon Père qu'on a frappé! Je pleure sur ses jours, & je tremble sur les miens, dans l'incertitude des suites que peut avoir cette mort affreuse.

Qu'on dise aux Parisiens que deux Rois de l'Europe vont ſe battre en duel aux Champs-Elizées, & que d'un autre côté on ajoute que deux particuliers de la rue S. Honoré doivent ſe couper la gorge à la Porte S. Antoine, il eſt certain que ces deux particuliers ſe battront ſeuls, & que tout Paris volera aux Champs-Elizées, encore moins par la curioſité de voir battre des Rois, qui ne ſe battent jamais qu'à la tête de cent bataillons, que parce que c'eſt de ces deux Souverains que dépend notre bonheur, ou notre malheur. Les aventures bourgeoiſes ſont rarement liées aux événemens de notre vie, au lieu que la deſtinée des têtes couronnées fait toujours la deſtinée des peuples. *Quidquid delirant Reges, plectuntur Achivi.*

Ainſi donc les actions des Rois & des Grands tenant plus au bonheur des hommes, les Tragédies, dont les perſonnages ſont des Souverains, des Princes, des Magiſtrats, doivent avoir un degré d'intérêt, qui ne ſe trouve jamais dans ces Drames nouveaux, dont les perſonnages ne ſont que des particuliers, quoique ceux-ci ſoient plus voiſins de nous. Il peut ſe faire que, ſur des théâtres de ſociété, ces Drames faſſent un effet plus vif; mais ſur des théâtres, autour deſquels s'aſſemble une partie de la nation, la vraie Tragédie produira néceſſairement un plus grand intérêt.

Ce n'était pas trop ici le lieu de parler de la Tragédie appelée *Bourgeoiſe*, au ſujet des *Guebres* & des *Loix de Minos*, où il n'y a rien que de grand & de noble. Mais on a été entraîné; & l'on ne ſait trop comment, à cette petite diſcuſſion littéraire, qui peut être utile pour montrer que la différence qui peut naître de l'intérêt de ces deux Tragédies, eſt en faveur de la dernière, dont le principal perſonnage eſt un Roi ſage & philoſophe, qui, depuis la première juſqu'à la dernière ſcène, fixe l'attention du ſpectateur, ſoit par le bien qu'il veut faire, ſoit par les obſtacles qu'il trouve à ſa volonté.

C'eſt dans la conduite de *Teucer* qu'on voit le but moral de cette Tragédie. Il eſt renfermé dans les paroles qu'il prononce, après avoir renverſé des autels ſouillés de ſang, & qui devaient l'être du ſang de ſa fille.

Braves Cydonniens, goûtez des jours prospères.
Libres, ainsi que moi, ne soyez que mes frères.
Aimez les Loix, les Arts : ils vous rendront heureux.
Honte du genre humain, sacrifices affreux,
Périsse pour jamais, votre indigne mémoire,
Et qu'aucun monument n'en conserve l'histoire.

C'est à-peu-près ainsi que parle *Philipe*, dans les *Guebres*. Cet Empereur, à la vérité, ne paraît qu'au dernier acte ; mais c'est pour jouer un rôle bien autrement intéressant que celui de *Don Fernand*, dans le *Cid*, qui, dans le cours de la pièce, ne partage guère que des confidences amoureuses, & ne se montre, quand il est tems de finir la Tragi-Comédie, que pour recorder & marier deux amans, brouillés d'abord pour un soufflet, & ensuite pour un coup d'épée.

Philipe, dans les *Guebres*, paraît comme un père, comme un consolateur & un législateur, qui remédie aux maux qu'a produits une loi abominable. Le monologue qu'il prononce est bien digne d'un Souverain instruit. Les persécutions, dit-il,

Ont mal servi ma gloire, & font trop de rébelles.
Quand le Prince est clément, les sujets sont fidelles.
On m'a trompé long-tems : je ne veux désormais
Dans les Prêtres des Dieux que des hommes de paix ;
Des Ministres chéris, de bonté, de clémence,
Jaloux de leurs devoirs, & non de leur puissance,
Honorés & soumis, par les Loix soutenus,
Et par ces mêmes Loix sagement contenus.
Loin des pompes du monde, enfermés dans leur Temple,
Donnant aux nations le précepte & l'exemple,
D'autant plus révérés qu'ils voudront l'être moins,
Dignes de vos respects, & dignes de mes soins.
C'est l'intérêt du Peuple, & c'est celui du Maître.
Je vous pardonne à tous : c'est à vous de connaître
Si de l'humanité je me fais un devoir ;
Et si j'aime l'Etat plutôt que mon pouvoir.

. . . .

Je hais le fanatique, & le persécuteur.
Je pense en citoyen, j'agis en Empereur.

Nous ne pousserons pas plus loin ce parallèle. Il seroit superflu d'en dire davantage, pour faire connaitre que le même esprit a dicté les deux pièces.

Ce détail, où nous venons d'entrer, sans aucun intérêt pour la postérité, ne l'est pas dans ce moment, où l'on affecte de dire que les *Loix de Minos* n'ont été faites que fur le plan d'une Tragédie déjà connue & applaudie. On ne peut pas nier que M. *de Voltaire* n'ait quelquefois échardonné le terrein agrefte de plufieurs de fes contemporains ; mais il eft certain que les *Loix de Minos* ne font, fi j'ofe parler ainfi, qu'une feconde façon donnée à un champ qu'il avait déjà défriché.

En renouvelant, fous ce titre nouveau, la Tragédie des *Guebres*, il a voulu confoler les gens de bien, de ne plus applaudir à une Tragédie du même genre, & dont le fujet était auffi la deftruction des facrifices humains. Nous parlons ici des *Druides*. De fon hermitage il applaudiffait aux fuccès de M. *le Blanc*. C'était une des confolations de fa vieilleffe de le voir marcher fur fes traces, &, fe propofant un but moral, ne parler à la nation affemblée que pour l'inftruire.

Le fort des *Druides* eft celui de la plupart de nos grandes Tragédies, depuis le *Cid* jufqu'à *Mahomet*. Ceux qui connaiffent l'hiftoire du théâtre savent avec quel acharnement les Critiques fondirent sur *Corneille*, lorsqu'ayant obscurci ses rivaux, il se fut élevé au-dessus de son siècle. Dans plus de vingt libelles il fut traité de *sot*, d'*orgueilleux*, de *corrupteur des mœurs*, & *Chimène* de *prostituée*.

Racine essuya les mêmes reproches, au sujet de sa *Phedre*. Tandis que les femmes cabalaient contre ce chef-d'œuvre, un Jésuite insolent examinait dans une harangue publique si *Racine* étoit Chrétien & Poëte, *Christianusne an Poëta ?* & il décidait qu'il n'était ni l'un ni l'autre.

En 1718, deux vers mal appliqués furent le prétexte d'une cabale qui remua tout, pour proscrire *Œdipe*, & pour perdre son Auteur. La philosophie de M. le Régent arrêta la persécution, il protégea *Œdipe*, & récompensa son Auteur.

L'aventure de *Mahomet* est connue. Après la troisième représentation, la pièce fut défendue sur les cris excités par la cabale de *Desfontaines* & de ses adhérans. L'Auteur prit le parti de la dédier à *Benoît XIV*. Ce Pontife, aussi sage qu'éclairé, accueillit avec distinction ce *Mahomet*, qu'en France on traitait d'impie, & envoya sa bénédiction Apostolique à M. *de Voltaire*.

Enfin la cabale se dissipa, & dix ans après cette aventure, la Tragédie de *Mahomet*, redemandée, & approuvée par un Sage, reparut avec un nouvel éclat. Comme il faut de grands talens pour faire valoir les grands rôles, le sort a voulu que le personnage de *Mahomet* ait toujours été joué par M. *le Kain*, l'homme qui, en France, a le plus approfondi son art. Le rang que doit occuper cette Tragédie n'est point encore réglé. On convient que c'est un chef-d'œuvre, & peut-être on attend que son Auteur ne soit plus, pour dire que c'est la première & la plus utile des Tragédies. Si c'est à ce prix qu'elle doit occuper le premier rang, puisse-t-elle ne jouir de cet honneur que bien tard.

Avec le tems, les chef-d'œuvres triomphent de la persécution. Nous ne sonderons pas les motifs qui firent suspendre les représentations des *Druides.* Quels qu'ils ſoient, nous les reſpectons. Mais il ſemble que les ames timorées s'alarmèrent trop légérement. Leur piété ne s'apperçut pas que les Janſéniſtes leur donnaient le change. Ces Janſéniſtes n'en voulaient point à la Tragédie des *Druides*, dont ils ſe ſoucioient fort peu; mais ils en voulaient beaucoup à M. l'Abbé *Bergier*, qui l'avait approuvée; ils voulurent lui faire payer, par une tracaſſerie odieuſe, le mépris dont il accable leur parti, qui canoniſe encore les convulſions, qui prend encore pour miracles des actes de démence *, & qui ſerait encore dangereux, ſi la Philoſophie ne l'avait entiérement avili.

Ceux qui n'ont point entendu parler de M. l'Abbé *Bergier* apprendront avec plaiſir que c'eſt un Théologien auſſi zélé qu'inſtruit.

Veut-on pouſſer la curioſité plus loin, & connaître combien la ſcience de ce Théologien eſt éclairée? On n'a qu'à l'entendre: « Nous ne

---

* Voyez le n°. 1 de la Gazette Eccléſiaſtique Juin 1771.

» sommes plus, dit-il, dans un siècle de pré-
» jugés; il est désormais permis de chercher le
» vrai sans prévention, de peser les raisons
» sans avoir égard à l'autorité; &, conservant
» pour nos maîtres le respect qui leur est dû,
» nous pouvons sans scrupule nous écarter de
» leurs opinions: prétendre qu'ils ont tout vu,
» & qu'il ne reste rien à examiner après eux,
» c'est le parti le plus commode; mais ce n'est
» ni le plus raisonnable, ni le plus sûr; il en coûte
» de les suivre pas à pas dans une défiance con-
» tinuelle, d'examiner, de vérifier, de compa-
» rer les preuves & les témoignages; si après
» une marche si pénible, on croit découvrir
» ce qu'ils n'ont pas apperçu, pourquoi hési-
» terait-on de le dire?.... La découverte de la
» vérité ne peut jamais être indifférente *.»

C'est d'après ces principes vrais dans tous les pays, adoptés par tous les sages, que M. l'Abbé *Bergier* nous assure que sainte Véronique

* *Origine des dieux*, pag. 3. Excellent ouvrage de M. l'Abbé *Bergier*.

n'exista

n'exista jamais, & que les honneurs qu'on lui rend ne sont dûs qu'à la méprise de ces deux mots : *vera Icon*, vraie Image *.

Nous sommes loin des *Loix de Minos*, mais nous avons cru devoir rendre justice au Théologien, Approbateur de la Tragédie des *Druides*, dont le but moral était de dévouer à l'exécration de tous les hommes une superstition abominable.

Des Critiques, c'est-à-dire, des hommes qui n'ont rien à faire, ont prétendu que ce n'était point au Grand-Prêtre *Cindonax* à détruire un culte reçu, que ce n'était pas non plus son intérêt ; mais c'est par-là même que, plus il a d'intérêt à conserver un culte absurde, plus son action est noble en le détruisant.

Dans les *Loix de Minos*, à la vérité, l'action de *Teucer*, qui fait enfoncer les portes du Temple, semble plus naturelle & plus théâtrale elle est aussi un acte de souveraineté. Il ne se.

* *Idem*.

porte à cette action qu'au moment où il retrouve sa fille, qu'il croyait morte, au moment où cette fille est entourée de bourreaux, & où, à genoux aux marches de l'Autel, le sacrificateur a le bras levé pour la frapper.

Cette Tragédie semble promettre le plus grand effet au théâtre : on y trouve ces belles scènes qui règnent dans tous les Ouvrages Dramatiques de M. *de Voltaire*. Cet appareil & cette pompe, qui contribuèrent si fort au succès des Tragédies de *Sophocle* & d'*Euripide*, & ce qui est encore au-dessus de ces faibles avantages, c'est qu'on y respire ce but moral, que les Grecs méconnurent, & dont on voit peu d'exemple dans les chef-d'œuvres de notre scène, avant l'Auteur que nous venons de citer.

Nous ne parlerons point ici du style dont elle est écrite : elle est remplie de vers, dont l'harmonie tient de la magie de ceux de *Racine*. En voici deux qui méritent d'être cités :

Vas, quiconque a vécu doit apprendre à souffrir.
On voit mourir les siens avant que de mourir.

Les deux vers suivans renferment une belle leçon :

Le monde avec lenteur marche vers la sagesse ;
Et la nuit des erreurs est encor sur la Grèce.

C'est par cette vérité que nous terminerons des réflexions inutiles, il est vrai, au succès de la pièce, encore plus inutiles à la gloire de M. de *Voltaire.*

FIN.

www.ingramcontent.com/pod-product-compliance
Ingram Content Group UK Ltd.
Pitfield, Milton Keynes, MK11 3LW, UK
UKHW021950260726
13994UKWH00004B/1654